Daniel quiere ser detective

Editorial Bambú es un sello
de Editorial Casals, S. A.

© 2009 Marta Jarque para el texto
© 2009 Daniel Jiménez para las ilustraciones
© Editorial Casals, S. A.
Tel.: 902 107 007
www.editorialbambu.com
www.bambulector.com

Diseño de la cubierta: Miquel Puig
Ilustración de la cubierta: Daniel Jiménez

Tercera edición: septiembre de 2010
ISBN: 978-84-8343-062-0
Depósito legal: B-27.370-2010
Printed in Spain
Impreso en Índice, S.L.,
Fluvià, 81-87, 08019 Barcelona

Cualquier forma de reproducción, distribución, comunicación pública o transformación de esta obra solo puede ser realizada con la autorización de sus titulares, salvo excepción prevista por la ley. Diríjase a CEDRO (Centro Español de Derechos Reprográficos, www.cedro.org) si necesita fotocopiar, escanear o hacer copias digitales de algún fragmento de esta obra.

DANIEL QUIERE SER DETECTIVE

Marta Jarque
texto

Daniel Jiménez
ilustraciones

EDITORIAL

Daniel dice que quiere ser el mejor detective del mundo.

Para ser el mejor detective del mundo solo necesita:

Tener los ojos bien abiertos y fijarse en todo lo que le rodea.

Llevar limpios los oídos y escuchar con mucha atención cualquier ruido que haya a su alrededor.

Saber andar con sigilo y, si es necesario, de puntillas para no hacer ningún ruido.

Estar preparado para tocar cosas de todo tipo con las manos: frías, calientes, duras, blandas, puntiagudas, redondas, suaves, pegajosas…

Ser muy valiente, prácticamente no tener miedo a nada…

… y llevar siempre encima un bloc para tomar notas y un lápiz para escribir y dibujar.

¡Eso es todo!

Hoy Daniel ha dedicado la mañana a descubrir quién se ha zampado el bocadillo de queso que su padre le había preparado bien temprano para desayunar, y que él no ha podido comerse.

Esto es lo que ha sucedido:

–Daniel, tienes el bocadillo preparado encima de la mesa de la cocina. Después de vestirte, te lo comes, ¿vale? –le ha dicho su padre antes de salir de casa–. Yo tengo que llevar la furgoneta al mecánico porque echa humo por todas partes menos por el tubo de escape.

—Sí, papá. Ahora bajo. ¿De qué es el bocadillo? —ha preguntado Daniel desde su habitación mientras se ponía los vaqueros.
—De queso tierno.
—¿De queso del yerno?
—Tierno, Daniel, tierno.

–¡Ah, tierno! Gracias papá. ¡Adiós!

–Adiós, hasta la hora de comer. Ah, mamá vendrá ahora. Ha ido al pueblo a hacer unos recados. Me ha dicho que no tardará mucho… ¡Adiós, Daniel!

–Adiós, adiós…

Daniel se ha acabado de vestir, se ha atado las zapatillas de deporte, se ha lavado bien la cara, procurando que no le quedara ninguna legaña en los ojos, y también las manos. Se ha peinado y se ha echado colonia.

Ha bajado a la cocina y encima de la mesa solo ha encontrado una servilleta de papel manchada de aceite. ¡La servilleta donde su padre le había dejado preparado el bocadillo de queso para desayunar!

Daniel ha dado dos vueltas enteras a la mesa de la cocina, mirando por encima y por debajo: encima solo ha encontrado la servilleta de papel manchada y debajo las cuatro patas de la mesa, nada más. Y en el suelo, nada, ninguna pista sospechosa: ninguna migaja de pan, ni cortezas, ningún resto de queso tierno.

Entonces Daniel se ha dado cuenta de que la puerta de la cocina que da al jardín estaba medio abierta. Y eso que su madre está harta de repetir que la puerta del jardín tiene que estar siempre bien cerrada, que si no algún día se encontrarán al lobo sentado en la butaca del comedor, viendo las noticias mientras espera darse un buen banquete.

«¡Ahora lo entiendo! ¡Seguro que mi bocadillo ha salido por esa puerta!», ha pensado Daniel, arrugando la frente como los detectives cuando descubren una pista importante.

Daniel ha sacado el bloc de notas que lleva en el bolsillo trasero del pantalón y ha apuntado las dos observaciones más relevantes:

Y ha hecho un dibujo de la servilleta con las tres manchas de aceite y de la puerta medio abierta, más o menos un palmo de su mano.

Al terminar, ha cerrado el bloc, ha metido el lápiz dentro de la espiral, se lo ha vuelto a guardar en el bolsillo del pantalón y ha salido al jardín.

En el jardín, una hilera de hormigas iban y venían de la maceta de los geranios a la maceta de las margaritas azules.

–Hormigas, ¿habéis visto mi bocadillo de queso? –ha preguntado.

Las hormigas, sorprendidas y asustadas, han roto la fila india y han corrido a esconderse bajo las piedras. ¡Todas menos una! Una que se ha atrevido a hablar:

–Desde luego que hemos visto tu bocadillo de queso. En la boca de un animalote enorme. ¡Gigante, con cuatro patas y más de cien bigotes! ¡Hemos tenido mucho miedo! Era así de grande… –la hormiga, con los ojos espantados por el recuerdo de semejante bicho y con las patas delanteras extendidas y temblorosas, ha hecho todo lo posible para explicarle lo grande que era el animalote que se había llevado el bocadillo del desayuno.

–¡Caramba, sí que era grande! –exclama Daniel sorprendido.

Ha vuelto a sacarse el bloc del bolsillo y ha escrito:

Luego ha intentado reproducir la imagen del monstruo que ha asustado tanto a las hormigas de su jardín y que se ha llevado entre los dientes y los cien bigotes su bocadillo de queso tierno, el que no ha podido oler ni probar. Ha hecho este dibujo:

–¿Y me podéis decir hacia dónde ha ido ese *ladróndebocadillosdequesotierno*? –ha seguido preguntando a la hormiga más valiente, que aún asomaba la cabeza detrás del tallo del rosal más florido de todo el jardín.

–¡Desde luego! ¡Lo hemos visto todo! ¡Se ha ido hacia allí! –Y ha mirado hacia la derecha indicándole el camino.

–¿Hacia el jardín de la vecina? –ha querido asegurarse Daniel.

–Sí, se ha ido dando un salto al tejado de la caseta de Tango.

–¿Y Tango no se ha despertado? –ha preguntado mientras se acercaba a la caseta.

Tango, el perro de Daniel, aún estaba haciendo la digestión del desayuno y tenía pocas ganas de colaborar. Solo ha sacado el morro por la puerta, con pereza, y con un tono más bien burlón ha añadido:

–¡Qué exageradas son las hormigas! ¿Dicen que ese saco de pelo canoso que no para de maullar es un gigante?

–¿Que no para de qué? –ha preguntado Daniel interesado.

–De mau-llar, pero no me preguntes cómo lo hace que yo no puedo imitarlo aunque quiera. Eso sí, te aseguro que cuando lo hace me pitan los oídos.

Daniel ha apuntado esa palabra en su bloc porque ha pensado que podría ser otra pista importante.

–¿Y adónde crees que habrá ido?

–¡Por allí! –Ha sacado una de sus patas delanteras por la puerta de la caseta y la ha estirado señalando el cobertizo donde aparcan los coches y guardan las bicicletas y las herramientas.

Daniel, decidido, ha cruzado el jardín y sin darse cuenta ha metido los pies en un charco. Las suelas de las zapatillas se le han llenado de barro y al llegar al cobertizo y girarse ha visto las huellas que han quedado marcadas en las baldosas del suelo dibujando un camino. Además, muy cerca de sus propias pisadas ha descubierto otras. Unas más pequeñas, sin forma de zapato.

Ha cogido el lápiz y el bloc y las ha dibujado. Eran así:

Daniel estaba convencido de que cada vez se encontraba más cerca de resolver el misterio de la desaparición de su bocadillo.

«Ahora solo tengo que seguir estas pisadas más pequeñas», ha pensado.

Pensado y hecho, las ha seguido hasta llegar a la pared trasera del cobertizo. Allí las pisadas subían por la pared.

Y Daniel ha visto claro que le hacía falta una escalera para poder subir tan alto.

Así que ha entrado en el trastero donde guardan las herramientas, pero una vez dentro la puerta se ha cerrado de golpe por una ráfaga de aire y se ha quedado a oscuras.

Se ha asustado mucho, pero enseguida ha recordado que era un detective y que un detective no puede tener miedo de casi nada, y se ha dicho a sí mismo:

–Daniel, ahora no puedes tener miedo. Estás en el trastero de casa. Tienes que volver atrás y abrir la puerta.

A tientas, con las manos extendidas hacia delante, ha buscado la puerta. Pero en lugar de volver atrás ha ido a parar a la pared de la derecha y ha tocado una telaraña que se le ha quedado pegada en las manos.

–¡Puag! ¿Qué es esto? Bueno, será una telaraña polvorienta... –Y ha seguido palpando la pared de piedra, de la que caía arena, hasta chocar con la manguera que utilizan para regar el jardín, que estaba enrollada.

Teniéndola como referencia se ha orientado mejor y, estirando un poco más la mano derecha, enseguida ha encontrado la puerta de madera para salir.

Por un momento la claridad de fuera le ha deslumbrado, cegándolo, pero enseguida ha vuelto a ver con normalidad.

–¡Madre mía, qué susto! Pero, ¿y la escalera? ¡Necesito la escalera! –ha recordado Daniel.

Y más valiente que nunca ha vuelto a entrar en el trastero, pero esta vez ha puesto una piedra muy grande y pesada delante de la puerta para que ninguna ráfaga de viento volviera a dejarlo a oscuras.

Justo al entrar a mano izquierda, estaba la escalera. No era muy alta y pesaba poco. Daniel se la ha cargado a la espalda, como muchas veces ha visto hacer a su padre cuando la necesita para subirse a cambiar el cristal roto de alguna ventana o colgar algún cuadro.

Una vez en la parte trasera del cobertizo, la ha apoyado formando un triángulo con la pared y el suelo. Así:

Y apenas ha subido el primer peldaño, ha oído un ruido en el tejado: «¡Tup-tup-tup-tup! ¡Tup-tup, tup-y-tup-tup-y-tup!», varias veces. Eran pasos rápidos de un animalote muy ágil que iba saltando… «tup-tup-tup-tup-tup», ahora hacia la derecha, ahora hacia la izquierda, inquieto.

¿Quizás el animalote estaba más asustado que Daniel a oscuras en el trastero?

Sin hacer ruido y agarrándose fuerte a la escalera, Daniel ha seguido subiendo los peldaños, con mucho cuidado de no dar un traspié.

Una vez que ha asomado la nariz por encima de la primera fila de tejas, ha visto la cosa más bonita del mundo: cinco gatitos recién nacidos dándose calor unos a otros. Intentaban abrir los ojos pero no podían porque aún tenían las pestañas enganchadas.

Sin embargo, los ojos de Daniel parecían dos naranjas.

De repente, a dos pasos de él, una gata con los pelos de punta ha maullado: ¡MIIIIIIIIIIIIIIIIAU, MIIIIIIIIIIIIIIIAU, MARRRRRAMIIIIIIIIIIIIIIIAU!

Daniel se ha asustado tanto, que se ha soltado de la escalera y se ha caído al suelo de culo.

–¡Ay! ¡Huy! ¡Qué daño! –gemía tirado en el suelo tras la caída.

Y mirando hacia arriba, de cara al sol que le deslumbraba y le hacía achicar los ojos, el animalote tan feroz que había visto y oído cuando estaba subido en la escalera ahora se le acercaba poco a poco, con cara de ser el animal más manso del mundo.

–Lo siento, yo solo quería proteger a mis crías, miau, miau, marramiau, miau, miau.

–Se le ha acercado y le ha dado un lametazo dulzón en cada moflete.

–Tranquilo, ya estoy mejor –ha dicho sonriendo Daniel.

Y es que Daniel ahora sonreía por dos motivos:

1. Porque realmente estaba mejor y se podía volver a levantar y…

2. …porque cuando el gato se le ha acercado para darle un beso de gato en cada moflete, ha notado un olor a queso tierno tan fuerte que ha puesto punto y final a su investigación. Ya había encontrado al *ladróndebocadillosdequesotierno*.

Cuando se ha puesto en pie, Daniel se ha sentado y ha escrito en su bloc:

A continuación ha hecho los últimos dibujos, dos. Uno del gato enfadado, protegiendo a sus crías y otro del gato dejándose acariciar dulcemente.

Y ha vuelto a casa muy satisfecho.

Su madre ya había llegado. Estaba en la cocina.

–Mamá, ¿verdad que soy un buen detective? –le ha preguntado orgulloso.

–Estoy segurísima, Daniel, pero cierra bien la puerta, si no…

–… un día nos encontraremos a un lobo sentado en la butaca del comedor. Ahora la cierro mamá.

Y así, con un bocadillo y un gato,
este cuento se ha acabado.

Bambú Primeros lectores

El camino más corto
Sergio Lairla

El beso de la princesa
Fernando Almena

No, no y no
César Fernández García

Los tres deseos
Ricardo Alcántara

El marqués de la Malaventura
Elisa Ramón

Un hogar para Dog
César Fernández García

Monstruo, ¿vas a comerme?
Purificación Menaya

Pequeño Coco
Montse Ganges

Daniel quiere ser detective
Marta Jarque

Daniel tiene un caso
Marta Jarque

Bambú Enigmas

El tesoro de Barbazul
Àngels Navarro

Las ilusiones del mago
Ricardo Alcántara

Bambú Jóvenes lectores

El hada Roberta
Carmen Gil Martínez

Dragón busca princesa
Purificación Menaya

El regalo del río
Jesús Ballaz

La camiseta de Óscar
César Fernández García

El viaje de Doble-P
Fernando Lalana

El regreso de Doble-P
Fernando Lalana

La gran aventura
Jordi Sierra i Fabra

Un megaterio en el cementerio
Fernando Lalana

S.O.S. Rata Rubinata
Estrella Ramón

Los gamopelúsidas
Aura Tazón

El pirata Mala Pata
Miriam Haas

Catalinasss
Marisa López Soria

¡Ojo! ¡Vranek parece totalmente inofensivo!
Christine Nöstlinger

Sir Gadabout
Martyn Beardsley

Sir Gadabout, de mal en peor
Martyn Beardsley